U0114391

《魔女的謊言》

這是一個以我自己的經歷寫成的故事。

我很想把這故事與大家分享。

奈樂樂 Nalok・Lok

很久很久以前，

茶茶，拿爾和小莫
是很好的朋友。

他們三人總是在樹林裡一起玩。

頑皮的拿爾總愛戲弄小莫。

有時候，拿爾更會弄哭她，
但之後都會溫柔地安撫她。

而小莫是一個善良的女孩，
所以她最後也會原諒拿爾。

漸漸地，他倆的感情越來越要好。
茶茶和他們一起的時候，
不知怎的有時會感到孤獨和失落⋯⋯

「真希望他們不是那麼要好⋯⋯」
她心想：
「又或者⋯⋯如果我是小莫的話就好了⋯⋯」

有一天，乖巧的小莫正在幫助老婆婆拿行李回家。然後，她看到拿爾吃著香蕉飛奔而過，轉眼就不見了！

「大概是在趕時間吧……」小莫心想。

剛巧茶茶就在附近，她看到正在幫助老婆婆的小莫，也看到飛奔著的拿爾一口氣把香蕉吃掉，然後把蕉皮拋進垃圾桶裡。

突然，她想到了一個小小的惡作劇來捉弄一下他們。於是，她把垃圾桶裡的香蕉皮悄悄放到小莫將要走過的地方，然後躲起來……

「啪」？小莫真的被香蕉皮滑倒了！
手上的行李還撞倒了老婆婆！

老婆婆好像跌得很厲害。附近的人看到就立刻幫忙送她
去看醫生。臨走前，她忍著痛，一臉慈祥地對小莫說：

「這只是意外，不要怪責自己……」

但儘管如此，小莫還是很自責……

小莫的自責很快變成了憤怒！

她記得剛剛拿爾就在吃香蕉，而且他又總是戲弄她的，
所以那個拋蕉皮的人肯定就是拿爾！

「這是你的錯！」她跑去找拿爾理論。
「才不是我弄的！我有把蕉皮好好放進垃圾桶裡去！」
拿爾辯解著。
「你不要說謊了！不是你的話，還有誰會幹這種無聊事！」
小莫越說越憤怒！
拿爾也越說越生氣：「我看你只是想把自己不留神闖的
禍歸究於我，讓自己好過一點而已！無恥！」

小莫聽到這裡已經控制不到自己，哭了起來，
咬牙切齒地說：
「無恥的是你吧！敢做不敢認⋯⋯！
我以後再也不要和你做朋友！」

雖然拿爾被小莫討厭了，
但拿爾很清楚自己沒有生事，所以拒絕向她道歉。
小莫知道他不會道歉就更討厭他！

自此之後，小莫和拿爾再沒有一起到樹林玩，
也提不起勁跟茶茶去玩了⋯⋯

茶茶對自己所做的事情感到非常內疚⋯⋯
她沒想到事情會鬧成這樣⋯⋯

「究竟我應該怎樣做⋯⋯？」
茶茶苦思著⋯⋯

茶，茶每天都想著要怎樣修補他們
三人的友誼，但她卻害怕把真相告訴他們，
她怕……他們可能永遠都不會原諒她！

「我感到很無助……天上的神明，
如果你能聽到我的煩惱的話，
求你出手相助吧……只要能讓他們和好，
無論是什麼條件我也會答應……」
她每晚不斷祈禱，希望神明能幫助她。

終於，奇蹟出現了，
一個魔女突然出現在她面前！

魔女說：
「你好，我是個喜歡吃影子和生命的使者。
我感受到你的渴求，於是現身於此。」

她微微一笑，看著驚魂未定的茶茶說著：
「如果你把你的影子送給我，我就可以給你一種魔力。
當你仔細想著一個人的樣貌時，
你就能變身成為此人。你想要嗎？」

茶茶聽了後，不敢相信地問：「真的嗎……？」
魔女點頭。然後茶茶不假思索，
開心地大聲說：「好呀！」

接著，茶茶的影子就慢慢變淡，
跟隨著魔女一同消失了……

得到魔力後，茶茶開始按著計劃行事。

她仔細想著拿爾的樣貌，並變成了「他」。
然後，就去小莫家和她道歉。

「小莫……」「拿爾」惶惶不安地喊她。
「拿爾……？你……你怎麼來了？而且，你的
聲音怎麼了，聽起來像個女孩哦？」小莫說。

「喔！咳！……咳！我只…只是生病了……」
為免起疑，「拿爾」很快切入正題：「我來是想跟你說！
對不起，我不應該把蓬皮扔在地上……請原諒我吧！」

小莫說：「拿爾……本來如果你不道歉，
我會永遠討厭你！但現在………我原諒你。」

「謝謝！」「拿爾」高興地說。

「小莫現在很高興了，接下來…」

茶茶又仔細想著小莫的樣貌，並變成了「她」！
然後，「她」去拿爾家，跟拿爾打個招呼。

「小莫？」拿爾打開門，不禁驚訝地叫道。

「對不起，我終於知道你不是那個亂扔香蕉皮的人……
是我誤解了你……」「小莫」不好意思地說。

「呃……這是好事啦，你知道真相就好。」拿爾說。

就是這樣，小莫和拿爾再次成為朋友。

「呼……所有事情都圓滿解決了。」茶茶心想……

「也是時候變回自己了……」

　　……

　　……？！

「奇怪，我是什麼樣子的？……變不回來？！」

變不回來呀呀呀呀！！！！！！！！

「**想**不起來……我又想到小莫的樣貌……」
茶茶哭泣著道：「魔女……你在嗎？求求你出來吧！」
然後魔女又突然出現。

茶茶彷似找到救星一般說：
「魔女，你可以把我變回原貌嗎……
我忘記了自己的樣貌……」

「**可以，但你還有
自己的影子嗎……？**」

「？！……
你已經吃掉了啊！」
茶茶憤怒地回應著
魔女的明知故問。

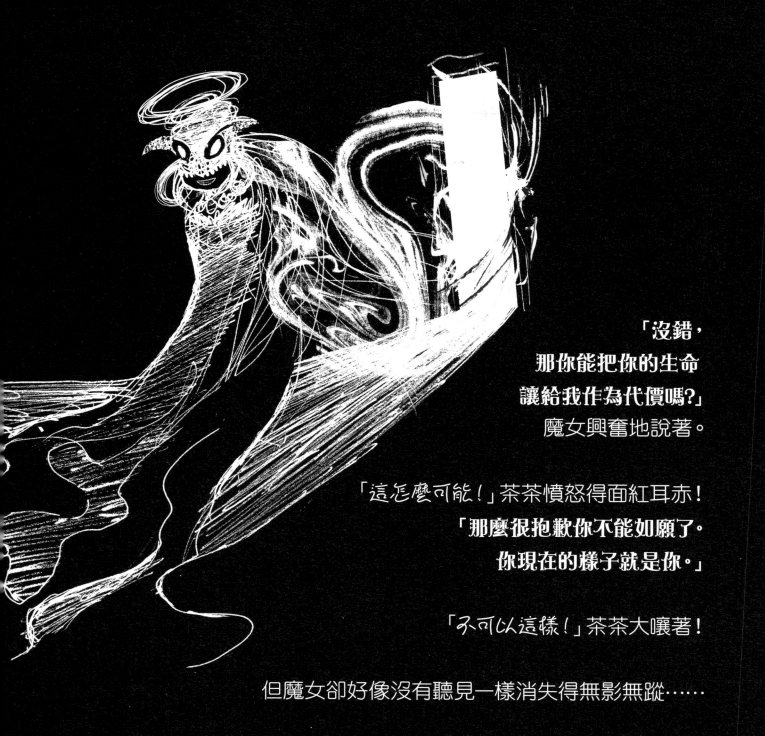

「沒錯，
那你能把你的生命
讓給我作為代價嗎?」
魔女興奮地說著。

「這怎麼可能!」茶茶憤怒得面紅耳赤!
「那麼很抱歉你不能如願了。
你現在的樣子就是你。」

「不可以這樣!」茶茶大嚷著!

但魔女卻好像沒有聽見一樣消失得無影無蹤……

自此之後，儘管小莫和拿爾經常邀請茶茶，但她再也沒有再和他們出去遊玩。

她知道他們感情變得更好，
玩得比以前更愉快。
她很想加入，可是，她不敢出去……

因為現在她的樣貌，
正是她一直羨慕著的小莫的樣貌……

一天一天過去，

茶茶把自己關在家裡，心情一直不開心，
越來越不開心。

終於，她鼓起勇氣，打電話給小莫：
「小莫⋯⋯你可以過來我家嗎？我有話想告訴你⋯⋯」

「茶茶嗎？你沒事吧…我現在就過來！」
擔心的小莫立刻答應。

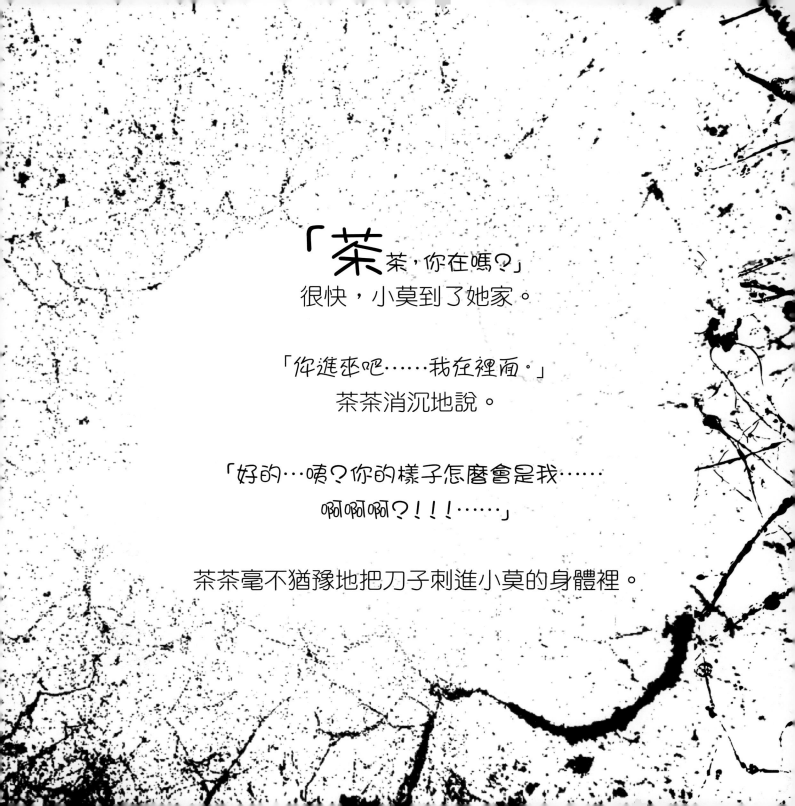

「茶茶，你在嗎？」
很快，小莫到了她家。

「你進來吧……我在裡面。」
茶茶消沉地說。

「好的…咦？你的樣子怎麼會是我……
啊啊啊？！！！……」

茶茶毫不猶豫地把刀子刺進小莫的身體裡。

茶看著奄奄一息倒地的小莫，冷淡地說著：
「魔女，你在的吧？ 她的影子和生命是你的了，
幫我清理掉她，然後永遠不要再出現在我面前。」

「但茶茶你不想變回自己嗎？」
「我現在可以實現你之前的願望喔」

「茶茶……？你叫誰？」
然後她若無其事的回頭看著魔女說：

「我是小莫喔。」

「呵呵～……」魔女不屑的冷笑了。
「但是從此，你就是一個沒有影子的小莫了！嘿嘿……！」
說完就消失在那笑聲之中。

家裡，只遺下「她」在那裡。
但魔女的笑聲，卻在她耳邊不斷的迴盪著……

- 完 -

後記：

小莫是人見人愛的少女。
而孤獨的茶茶就妒忌著她得到一切。

為了取悅別人/讓別人關心，茶茶總是戴著不同的
面具，甚至模仿他人的性格，去對待不同的人，
結果卻忘了自己的真實的一面。

當然，你可以一直假裝別的人，這或許沒有問題。
但請記住，你永遠不可能完美地飾演別人。
到最後你甚至連自己也不是⋯⋯

奈樂樂　2018.05.03

心靈勵志2

魔女的謊言

作　　者：奈樂樂
美　　編：陳勁宏/奈樂樂
封面設計：奈樂樂
出 版 者：少年兒童出版社
發　　行：少年兒童出版社
地　　址：台北市中正區重慶南路1段121號8樓之14
電　　話：(02)2331-1675或(02)2331-1691
傳　　真：(02)2382-6225
E—MAIL：books5w@gmail.com或books5w@yahoo.com.tw
網路書店：http://bookstv.com.tw/
　　　　　http://store.pchome.com.tw/yesbooks/
　　　　　博客來網路書店、博客思網路書店、三民書局、金石堂書店
總 經 銷：聯合發行股份有限公司
電　　話：(02) 2917-8022　　傳 真：(02) 2382-6225
劃撥戶名：蘭臺出版社　帳號：18995335
香港代理：香港聯合零售有限公司
地　　址：香港新界大埔汀麗路36號中華商務印刷大樓
　　　　　C&C Building,36 Ting Lai Road,Tai Po,New Territories
電　　話：(852)2150-2100　　傳真：(852)2356-0735
經　　銷：廈門外圖集團有限公司
地　　址：廈門市湖里區悅華路8號4樓
電　　話：86-592-2230177　　傳 真：86-592-5365089
出版日期：2019年3月 初版
定　　價：新臺幣250元整
ISBN：978-986-93356-8-3(精裝)